36

第 3 6 届 青 春 诗 会 诗 丛

野燕麦塬

琼瑛卓玛　　　著

《 诗刊 》 社 编

长江出版传媒
长江文艺出版社

琼瑛卓玛，"80后"，河北保定人，居藏十余年，摄影，写作。诗歌作品刊于《诗刊》等刊物。现来往于西藏、咸阳两地，教书为生。

目　录

第三辑　雨水谣

第四辑　月光河

第一辑

野燕麦塬

野燕麦塬

亲爱的，我又去了那儿一次
三个月前
你曾在那儿教我辨认出它们
那些金黄的，戴着长且尖细王冠的野女人
驾驶吉普车从远方奔驰而来
在残损石像上模拟打碗碗花的死亡
你深刻得像它们其中一个

作为外来移民，我带着
成打的购物券和礼品
四处拜访邻居
以求得和谐相处的好运气
也许还有几只野鸡或兔子、一本长期租住合约
当然——不能给素食主义者

一只石狮子。把守肥美的门口
你说，更美的那些在去往日喀则的路上
十月份的时候
所有的王冠齐齐地被风吹向古堡
你就在那儿。吹一支长笛
你也献出你的王冠

从去年开始。就等着成熟了
我踩着那些因为被收获而死去的身体前进
偶尔也会跪下来，小心亲吻并触碰
它们心口的僵硬
临近早晨，我睡着了

我梦见深藏于
黑白负片中的
西藏远古情歌，是一束从汉家陵阙升起的
紫色的烟
就在六月花朵初绽的时刻
——你刚好从四面八方的雨雾中赶过来
驾驶着一辆金黄色吉普车

2081 年

如果我还活着，我得一百岁了
每毫米皮肤的褶皱里都能捡到
一首诗歌和几个被遗弃的词语
它们像孤儿一样，可怜兮兮地
举着小白旗，跟我商讨停火协议
太阳东升，西落
我的女儿也已经七十四岁
她热衷于色彩学

第四代孩子们
应该去法庭了
——黑色的，坚固的
屹立在城市中央的人造太阳
比任何时候都更明亮

更多的人，坐着飞行器回家
窗户闭合，打开
灯光把星星屏蔽，夜晚如白昼
塑料制品、鱼骨头、皮肤碎屑
别针、红色脚指甲、烟屁股
和一套残损的法学教科书

静静地，一袭冬风与我站在院子里

没有什么比接近死亡更安详的恐惧了
如果我在此刻死去
我多么不舍
但我一百岁了。如果我不死，
——这得有多孤独。

道连·格雷的画像

当我驱车绕过第五大街

一大丛女贞树森林时看见她

卷曲的短发，盘踞她头顶

光从她黑眼睛里溢出

我从那里摘下星星和青衣衫瀑布。同时

她望向我

她给我烟霭、水、熟石头

她袭击我的副驾驶，并扔掉我的汽车

她跟在我身后一直走

她说，卓玛

来我的花园吗？

那里全是四处蹦跳的蓝色小灯笼花

永远年轻舒展

如此光洁，且从不思想

死亡像夏天的冰块无处藏身

罪恶被钉在十字架上

血液变成胭脂，染红指甲

哦！我们的皮肤美妙

那里流出一条河

她在月季花下说

她站立，踱步，哭泣，大笑
她从我的胳膊钻进我的嘴里
咬我的牙齿和心脏
——小小舌头上带着潮湿的花香
有人把她从我的身体内扯下来
也许是医生、建筑师、警察
有人把她剁了个粉碎
也许是法学家、批评家、小说家
他们把她关进小小的笼子
还在那里塞满蓝色的小灯笼

最后，她小心地坐在我的副驾驶上
跟着我驶过第五大街
绕过一大丛女贞树森林
我们就一直往前走
我们也不知道去哪儿
只好回到了道连·格雷的画像

在林中散步真是奇妙①

在林中散步真是奇妙！
树冠在空中互望
树根在地下纠缠

人人都以为自己是孤独的
独自存活于世
和黑暗签下卖身契约
暗地里却联合到一起

而我到快活之处
依旧独自在林中散步
除了树和石头
我看不到任何人
却试图寻找人的踪迹
只有黑暗让我放松
采撷苦涩果子才能进餐

在林中散步真是奇妙
我的根碰到了他的根

---

① 引自黑塞原诗："在雾中散步多么奇妙！"

我的冠触到了他的冠

而我的孤独在于，这样的触碰

是在黑夜里进行的

我依然孤独，我亦深深得知

这样的孤独与别人的

并无不同。

我这薄薄的痴情，只在雨里停了一小会儿

此刻，落在萧何墓园的雨水
一部分属于博尔赫斯
日夜思考其落地的意义
一部分归于加缪
考证土地及古石碑的荒谬

一辆手扶拖拉机戴着口罩和面具
轰隆隆驶过。这是华丽的开篇
譬如生命起始时响亮的啼哭
几个将老的妇人
坐在墓园长亭里避雨

葡萄藤垂落在灰褐色夜空里
漆黑手指紧挨着街道下水口
从古老封地吹来的风
把她的红头巾掀翻在地

夜晚再度降临
从手机黑名单里临时被假释出来的暴力分子
被洗刷干净。成为邻家兄长的模样
白色衬衣上又落了浅浅一层

多么怯弱且悲伤的雨滴！　将一生置于长椅上
又瞬息洒落灰黑喜鹊羽里
由此我联想到永远及结束
如果此刻落下的不是雨滴。敲击地面的
也不是七月四号这场夜雨的踪迹

道歉信

我以为某些东西会把我从水底捞起
比如蓝鹳羽毛、叫起来如雪的白鹤。
但从昨晚直到现在，我却在这块沼泽地里越陷越深
（它显然只有十平方米）

如果我为此生气
这实在有点不公平，
所以我得郑重写一封道歉信：

都怪昨天夜里紫藤开得太多，
"人皆穿了花的衣裳"①
——恰好每片花瓣都像你。那么多你呀
在我的窗外晃来晃去

---

① 引自僧正遍昭，九世纪日本的歌人。

我曾在河上四处漫游

我小心维持着对爱情最后的渴望
如同清晨六点被乳白色香味包裹着的河道
有一个时辰，我看到您从它身旁的樱花丛中轻轻走过
把绣着名字首字母的蓝布衬衣
从水里捞起。

无休止的沉默是三月河面未化完的浮冰
远处有一头小鹿
划破黑暗，冲着您——歌唱
正午时分我悄悄绕过它后边
听到有人在水底窃窃私语
等到黄昏来临，这里就被夷为废墟！

鹿

1

它从远处开始覆盖我

以光斑、气息及五月底的半部寒雨

赐我水、疾病和一条路

从伊斯坦布尔的昏黄中取光

怀揣着一种类似美杜莎的心事

它走向我，吻我，

继而吃光我的叶子，

掀翻我的头颅，从那里它飞出来

再度为我命名

用它黑眼睛里的无限自由

用它美妙的喉咙

用它光洁的裸体、四肢

用它脖颈的修长

在每一个黄昏之后的清晨

它覆盖我

2

现在，它们成群结队地通过城区
如果能够遵循某项法则
我是说，这里没有羊、乌鸦或者狮虎兽
只有鹿
（大鹿、小鹿、公鹿、母鹿，
夸夸其谈的，或者沉默寡言的鹿）
它们沿着光线走过来
它们沐浴在晨光之中

和五月份的山桃花一起
跟着预言家跳广场舞
在那里，它们遮掩渴望
并集体下沉
感谢鹿王和它的脱口秀节目

从马萨诸塞州的热带雨林
到边陲林芝

好吧，我们应该听从它们的召唤
成为其中一只
在光的原始中
向前！而不是
——而不是，妥协或者后退！

一块豆腐

从百分之八十五到百分之九十
水分的多少。决定死后回到哪里去
我无意从外形去描绘它,
(也许是雪白或杏白?)
更精致乳糯的那些, 还有异国名字
今天上午又讲到达让特莱。
他局促的姿态带着绝望的美学
宛如从体内救火
——某些近乎迂腐的过季的冷
与陷入沉思的星期六风暴。
哦, 此刻
一块豆腐始终躺在刀锋下

献给爱丽丝妈妈

噢！亲爱的爱丽丝
我带什么去见你的妈妈呢？
（如今她也是我的妈妈）

这封神空洞的手指！十二层公寓楼
开满格桑花的窗帘
雨冲刷雪白的帐篷
我满含泪水的酒杯——只啜了一小口

草原浓缩在四十元一斤的冻羊肉里
超级市场前排大号冷冻冰箱
紧靠——南美白虾的位置

草原后面是翻滚的大海
海水冲刷你美妙的肌肤

亲爱的爱丽丝
月儿落在洗碗池里，溅了你一身水
一只鱼从阳台上逃走
跳进你妈妈三分钟前
——经过的雪蓝色湖里

我们明天去看望你的妈妈吧

就比如从城里跃上岸，时间是翅膀雪白的黄昏

或者从梦中醒来的第二天早晨八点

最好正在下着雨

一月二日

新年第二天，正蒙上一层薄薄的雪。
一场佛事埋葬东大街六号
车灯的光开始变形

几个颤抖的尾音自氙气光里喷射出来
屈身于雕花木窗

现在，毁灭：高速铁路上，
那些同时抬起右腿描绘巫术的裸体姑娘
病入膏肓的火车鸣笛，以及她眼里紫灰色十字格线

并没有更多的旧俗方了。
假如一切都是新的？
(手指插进去，蛇蕨与飞鸟骨头，
及碎裂的蓝田水波纹——
薄雪来到屋内)

一月二日清晨。你在新雪中写下：
"唯有山石与植物不在轮回路上"
——冬天的黄昏终于来临了

雨下了一个下午

雨下了一个下午
鸟鸣被清洗干净，散发着好闻的味道
与环绕竹林的雾气一样
被一辆蓝色的高尔夫小汽车
运送至我的窗前
而这一切价值三万个金币
——我穷困潦倒。
大房子是租来的，阳台也是
从明天起，我要还房屋贷款
日益涨价的汽油、食物、桑蚕丝的漂亮衣服。
我还购买了一个金色南洋珍珠！
把它佩戴胸前。
期待有人被吸引。继而看到
更加靠上边的
不再年轻的脸蛋。
我也不够丰满。
资产负债表倒是一大堆。
哦，雨又下了一个傍晚。
我扯下编制长头发的一根稻草
它发些细细黄黄的光。
一位死去爱人，又被第二任丈夫赶出家的老妇人她点着一根烟。

皱着眉，对我说，小女儿霸占她的房子。

把她赶出家。

如今她一个人住。

这里凉快。而且是大学。

她带了水果、水壶，和水烟袋。

我给了她一百元。

理直气壮地离开了她。

但愿我没有打扰她。

第二天清晨，雨还在下。

我爱从屋檐下一滴滴掉落的雨滴。

有些是橘子味，

另外一些是黄瓜味。

有时候我也想，如果它们都是金币该多好。

我要花大价钱雇辆马车

把它们全部拉回家。

我已经过这么多

你要先遮盖自己的羞怯
在娜塔莎黑眼睛里插满柔软的玫瑰
顺便再给你的马打声招呼

如果在八点一刻
(当然，距离午夜还很远)
刚好来首乡村民谣

打劫一窗雨水和鸟鸣。
——在一切落幕之前

我已经过这么多。
却唯有，此刻月光
打在花园右下角悬铃树的侧影
最好看

我的村姑姐姐

我要和你手拉手在茅草屋里
再出生一次
老黄牛犁地的时候
——我走在前面

后来，每次我给女儿读到酒神宫殿
这一页
你就会在山顶
拍拍蓝布衬衣上的泥土

刘官营曾是杨家将驻守的军营
我们的祖先在十二月的大雪里
征战沙场
而现在，它躺在一个叫釜阳花园的小区里
静静腐烂

可是，我的村姑姐姐哟
依然骑在老黄牛背上
在六十年前的冬夜
喝下一大碗烧酒

霜　落

并不是最冷的那些，凝固于半空
我伸手抓起来的
只是它给予我的绝交信笺
一些零碎的偶然性并没有跟过来，很多个清晨
她躺成白茫茫一片

遇到它时，秋壁、霜霭、哭泣的雁声，夹杂着爱人的死
　　亡事故
高举神恩，卸掉它厚重的身影和骨头化石
及圣托马斯的星辰（无疑都是盲目的）
轻巧且小心翼翼地露出胸前那条花畔香径
和另外一些我没遇到的
——一忽儿向东，一忽儿向西
替代着我，仿佛又活过了一世

野苎麻

临水而居
即使是最细小的根茎
也会从罅隙里
往上钻。从底部开始
劈开细碎的光。栖于河畔
展露满天星光之下

很多年，它都不再出现
在耳边窃窃低语的，
也不是那一年淋过雨的风

我们错过了什么。
野苎麻在新城市的公路边死去
而我们，在它旁边二十三层公寓楼里
活到至今

闭口不说爱你

把自己放在最不起眼的位置
比如：一杯茶的最低端
翻滚，冲泡，献出经年的香
每天登上最高的地方，
——寺庙，秃鹫，玛尼堆依次写出来
热爱所有危险的事物
快要崩塌的雪山，在眼眶里打转的泪
安放在左心口的冰
摘来春风、花朵和松动的土壤
把你一丝丝捻成线，缝制成佛
日日叩拜
点燃自己，轮回空无
臣服于一株草的后半生
从此闭口不说爱你

不写一首诗给妈妈的理由

阴沉的下午五点钟。
我们聊起诗歌以及各自的妈妈
你说，你妈妈早已离世多年
七百六十公里外
我的妈妈刚喝下降血压药丸
走出家门
风从丝瓜花须上吹过来吹过去
玻璃窗外，各种声音突突作响
（然而，这都不是理由）
我也没有写一首诗给她
为了弥补这样的亏欠
独自驱车九百公里
用光所有假日回去找她

邂　逅

他诞生于我的诗篇
且被我喂养长大
——从某个角度讲，我是他的母亲
我们邂逅过程如下
时间：下午五点半
天气：雪渐渐
地址：文汇路六号
(可是这个地址并不能收到信件
即使你写对收信人名字)
一间正菱形杂货铺
他穿白衬衣，打了个口哨
然后从街角消失

林姑娘

是将咳出的血研墨的林姑娘

四十年后出生的我，许是那位母亲

把小野菊花朵插在你乌黑的发辫

以红玫瑰和马家牛羊肉斋你

是用血在白布床单上画太阳群①的林姑娘

我要与你在黑暗里私语

以你眼眸擦亮我眼眸的时刻

死去时与我同龄的——姑娘

我要喂养你的孩子

我要把他们种在浓密的

自由辽阔的明亮之上

（这暗下的誓言却又被我悄然遗忘）

你便睁着眼睛看我罢

化成灰且安歇于神祇的姑娘！

---

① 太阳群，引自策兰诗歌《线太阳群》。

在汉江

从包子铺出来
就直接去了河岸
我们坐在河堤上看鹭鸶
——它从江面飞过又飞过
就像你把手从左边衣兜换到右边衣兜
就在上午十点
（那批苦杏仁味道的时刻）
湿漉漉的。跌落汉江水里
我们没有称呼彼此亲爱的，也没有拥抱
我们紧闭双唇，对过去闭口不谈
只说起明前茶、吴家花园、魔芋丝炒肉
就非常开心

在机场咖啡馆

大概是上午十点钟
或者十点半
在机场咖啡馆
偏向东边角落
雕花木头的材质后边

有一片轻柔的橘红色光把我们包裹起来
怀揣着巨大的欣喜
从 T3 到 T2，你取回行李车
我跟着你
在那些密集的过往之间
穿梭。你递给我白托盘上的橙汁
及窗外明晃晃的
半打光线

那扇玻璃窗闭合之间半敞开的
片刻的欢愉
通过裸露的脸部皮肤
抵达心底深处的细微错觉
这样的画面

也许会延续至十年以后，我们

一起退休的日子

锦 葵

她们一齐蹲下来跪在我面前
请求我的原谅
在六月，花期是如此明亮
灿烂得
不顾颜面。

我走过草地
踩踏它们坚硬的绿色根茎
一万朵锦葵在岸边尖叫
——直到抵达浓稠茂密的
灰色河流深处。

它们一起蹲下来
请求我的原谅
在六月，花期转瞬即逝
短暂得
什么都来不及说出口。

初　见

茶蘼花有绝望之美
在某个五月的清晨。你有——
盛大的凄凉，在山的侧面
挺拔，壮美。下一刻
就死去

我愿意提一提这样的回忆
在梅子镇
你的眼睛漆黑如夜空
没错。漆黑的，某一个夜里
八点钟，同那月光里的脸庞告别后
天下起了雨

后 来

让我在这里歇会儿
大叶榕的傍晚，白鹭刚刚离去
河岸静悄悄，生蚝紧贴石壁
岸上一个人影儿也没有，如此寂静

让我在这里歇会儿，并允许我小声唤你？
倦鸟已经归巢，归船也撑起帆
（在一分钟之前，我确实听到了你轻轻应答）
我也相信此刻并非只有我一个人
而刚才感受到的，我也从没失去

从梦里醒来

昔日堆满白雪的黎明，
在我床头的书架上闪耀
星星躲在他的诗集里
树影轻轻摇晃

月　亮

去吧，兄弟，
就在今夜，你这照耀博尔赫斯的月亮
驾驶黄金的马车
去到亚当身边
请他医治好你浑浊的眼睛
拂去那些泥泞的雨声，
在遥远的伊甸园，在它遗弃的尘烟里，
将那道金边儿照耀

幸福的重塑

我记得我如何爬上房顶
赤着脚踩在父亲晾晒的麦粒堆里
我用了很大的劲儿
也没往前走出一步

夜 曲

后院的灯被他掐灭后
整晚都是黑暗
我从工作地回来
就把自己扔进夜色里
直到第二天清晨
再匆忙地把自己捡回来

地下室

一整天，我都待在地下室
月光透过顶棚
落在停车场的水泥地面上
宽阔的黑暗吞下我的悲伤
人们说，明天
将会有一场大暴雨
并且会冻死一个人
可我陷在像浸泡了柔软剂的泡沫里
一整天那么久
远离地面，没有分界线、灾难和死亡。
如今想起来
我也许只是做了一个梦

家

后来我回去过一次
月光照在老榆树叶子上
糊窗户纸沙沙作响
那些玉米排列在一起
安静得好像从没被人晾晒过

欢迎礼

在有人已过世的冬天清晨
所有树都垂下脑袋，雪花把它们染成白色
不远处的树下，她缩成了小小一坨
轻轻一吹，细雪从她的眉毛，
绕过小株松柏。
落在泥土地面上。轻轻
躺在不远处的外公起身
迎接这小小的儿媳
星星挂在枝头。世界那端
正在举行一场盛大的欢迎礼。

在我年轻的时候

在我年轻的时候
我对我看到的
紧闭双唇
我对我听到的也是。
这使我安全地活了很多年

有一天我掉进了泥潭
不得不呼喊"救命"时
我才发现我的双唇长在了一起
它们紧紧地密不透风地
封闭了一切

谁都有这么一天

它们从远处突然来到我的窗前
却并没有进来
二月的阳光瘦弱而温柔
像小时候独自萌发的槐树
我和弟弟坐在树下
一条黄狗绕着我们撒欢儿
很多年过去了
死亡涂抹了一切
记忆却活了起来
是那些我们爱过的与爱过我们的
在午夜敲着窗子
早做打算吧
也许你从没想过打开
也得梳洗打扮，端坐整齐
——谁都有这么一天

我希望

我希望这首诗是善的

它的每一个词语、句子、标点符号

都透着人性的光辉

它超越我的城市、街道和窗子

去到遥远无人的街头

那些夜里死去的人

正在樱花树旁哼着歌

有人以为我躲在后边

那些词语筑成的墙

在初春时节泛着淡青色光芒

可我知道我没有

就像此刻

我只能坐在遥远地方的夜里

渺小而又渺小地坐着

意 外

一切我经历过的悲欢
于昨日已化为泥土的香气，
当我走在返回童年的小路上
一切我经历过的悲欢，都已经过去。

十 月

没有什么是完整的。在它到来以后
破碎的冷杉树影子在月光中摇晃
那儿露出条小径，一端通向三月的原野
另一端积雪把腐烂的果子覆盖

捂眼睛

——仿写李南《逃亡路上》

有人用手掌、纱布、皇帝的新衣
有人用诗篇、法典、十字架
而我捂住妈妈的眼睛
——只用了一张白纸

谁在移动？目睹了花朵的凋零

它们从我体内穿过时，我并没看到路标
是渭水边青芜堤柳的十月？
早已干涸成枯草黄
到夜晚，一切都会安静下来

有两条路盘旋至远方
它们擅长风的皎洁，冰的
轻狂。铺天盖地的青灰颜色
紧逼我心头某一处血管

我承认我是那些颜色的……俘获者
水岸的花朵，成群结队地狂奔
如小舰队般狂热散开
这样的渭水，把流动给了它们

天空的色调，用时间拨弄楼厦的倒影
令人想起
噢，伪装的颜色！在河底开始滑翔
鸟群们沉没初秋的光辉

把万物丢弃于黑暗之下

剥开褪色的光线。哀哀!
那赤裸着的干瘪的古渡口
谁在移动？目睹了花朵的凋零

当我们永不开口时，才会触及爱的真谛

把文学丢了吧。请法律来统治世界

或许是，把爱情丢了

请诗歌来统治我

让所有试图研讨博尔赫斯的人

都挖掉自己的眼睛。把宝剑也藏起来

亲爱的戴黑边眼镜的绿裙子缪斯

等死亡来临，那时候已无力占据艺术波涛的永恒

你再回到我身边

我们将在囚笼里种植玫瑰花

假 象

冬天来了。雪在田野里吱吱作响
我推开窗子，示意它们保持安静
没有一片雪听懂我的意思。
这让我悲伤
我不得不挥起刀，
劈开这白瓷般坚固的扰攘。
我看到月亮滚到水泥地面上
一只断翅乌鸦在枝头尖叫
再也不会来了。
在大雪中撞碎后车镜的蓝色汽车，和在车里躲雪的
　　人。
我站在窗前
看到乌鸦挣扎着翅膀，掉入夜晚漆黑的寂静里
一个穿红衣服的人紧跟着
也不见了。
——冬天来了

冬日的交通事故

还有你的
蓝色石头
请拿走。用它撞击
发出的光
从你的摄影集突围。相继闯入
城市中心的
——构图规则。
还有你的
白布袋、烟
带摄影头的手机
藏于向日葵后的女人。
截断它的声带!
你说。

冬日里,压倒墓地的
暴雪、谎言和大片水渍,
在艾米丽的诗集上。
一切都已经失语,
整个城市滑入冰雪的漩涡。
只留下这首诗——
它的词语正被冻僵,散落在地

硬邦邦的

像一场交通事故。

红茴香

一定有什么事情发生
在你的诗里
比如，突然撞到的
死亡、疾病或某种乌托邦式的理想
如果没有，你就得让词语
重新排列
比如，倔强的红茴香
从苍老的枝头，开出第一朵
那么小，只顾着开花
比如，这么热的夏天
闹哄哄的词语里
藏着一个枯寂的人

一棵苹果树

我的女朋友是棵苹果树
每当秋天
她都给我一树的苹果
我吃着她的苹果，
写着给她的诗歌

第一句是这样写的：
我的女朋友是棵苹果树
每当冬天
她都挨着饿
夜夜立于荒凉的原野
——被白雪掩去了颜色

第二辑

木　偶

你好，巴尔托的碎渣渣①

名字是愉悦身体的碎渣渣。这有可能
在 "U" 音节之上，拖长，划过叫彗星女孩的马尾辫

意大利人都去给《新约全书》画插图
——此处呈现他对非语言表达的蔑视

除非有邀请函，亮而妥帖。莲花生大师骑着太阳光
赶往耶稣基督的宫殿（下午四点钟，他们扎好领结坐于
　桌前，喝一壶中国茶）

此时，酥油灯燃起。牧羊的仁青老人抹掉嘴角的碎渣渣
"先生，人们只饮美酒，而不饮别秋"

---

　　① 　出自《乔伊斯书信集》。

透过树枝

——给安娜·阿赫玛托娃

"在科马罗沃，我独爱那松林的絮语和大海的涛声。"

把它描述成黑铁之堡，或者黑谷行军
从敖德萨至黄村。一个被禁止的姓氏
诞生于人格分裂症的固有者精神研究学
（也许更多是时代配不上这场疾病）

鸽子白白的絮语。手套从左手穿过左手
只听到风声的人，有一双紫色芙蕖眼睛
下地狱？这是更精致的厌世
酒鬼和妓女，也许是天生的一对
——我们更擅长，从树枝碎屑制造的纸片上记忆
再把小纸片人群燃成灰烬

保守而又保守的。被拟人为香絮消沉的郁悒
"是你，向但丁口授了
地狱的篇章？"
此类神经质的询问衍生于大海，略带魔鬼绅士的特质

在我们转身要准时离开时

她回答说："是"①

---

　　① "是你，向但丁口授了地狱的篇章?""她回答说：'是。'"引自安娜·阿赫玛托娃《缪斯》。

负 轭

春间无事。赏明月，淋苦雨。
夜与美人皎皎

并无反骨可以剔除。我如流水
一层光滑可照人，一层懵懂似小儿

闲来剥莲子。万物都退回到进化论之前
各拥初见之资。

抹去掉在茶碗里的烟痕
江小白在千里之外对着我笑了一个下午

深林带夕曛。自不必验证太阳的高度
让雪降落，谋杀牵牛子与你，修正一场负轭

盛夏及蓝衫玫瑰花的表象

它有一双细瓷小腿，着闹人的暗绿色外衣
午后五时三刻，照例游荡旧街道
市井萧索。偶尔
附着于一段三度和弦内
——跟踪那些表层凸起的蓝颜色并从原位脱离

肖斯塔科维奇的西班牙舞曲从指尖流淌而过
总也无关紧要。我的西音先生
他更执着于距离的长短
把野生菖蒲表现为七月客厅的盆景，无关印象主义美学
（或许在云的身后，伪装成大篇幅
流动而华美的咏叹调）

晚风匀匀，细安于眉黛与轻黄。
沉浸在蓝衫玫瑰花的表象
"三十一公里，红绿灯六个，过路费五元"
它与我低低耳语：一小节阿尔贝蒂低音急切地在墙角来
　　回踱步
——从陌生至陌生，这已故去且闷闷的长安！

无论如何，Forever

它有金属光泽，钛合金甲板上安装黄铜眼睛
大片空旷。每片叶子都是各自领地的王
能躺着，也能站起来
狭小就会如同达让特莱式局促可笑

要是活着时有一个爱人
（但此时没有，一个男孩或者女孩与我相爱）
我希望他葬在隔壁
——女儿们（此时有一个，她九岁）要记下：
不准合葬，不植松柏，不刻字

在彼此的视线里奔跑
触摸，并阻挡某种水鸟哲学对鸢尾花的侵蚀
更亲近的交谈，甚至是两杯 Scotch Whisky
下午三点半的完美交会
赫拉克罗斯的秋天，拓宽梨的氛围

那副骷髅并未留下什么。当大批量的水
冲过阿妈啦燃起的酥油灯
雍布拉康的光决堤，淹没文汇路口
一切都飞起来，电线杆、汽车和清真寺

我并没有买下承诺给女儿的小船

但是，无论如何，得是独自一人
或许有两个活泼可爱的邻居
一大盘阳光和冰，两朵火祭
坠满雪片的黑色陶瓷斗篷
你们要笑着来看我，拂去我脸上的灰尘并小心读出我的
　　名字
——Forever

致我亲爱的凡·高先生

在木质残月上开出一列火车，比作被他咬坏的半块烧饼
用明亮的无限贴近阳光的黄描述
有雨闲坐旁边
调和清水烧和秋日菖蒲的比例关系
并以照看者身份阻断某类鲜美色彩的碰触

在水纹之内也在波纹之外
介于松烟和黑蝶贝之间，是我偷窥的形式来源
掺杂着精致的冷和颓败
一件粗糙的麻衣，和半捆信号

——给雨水打个结。
"火盆要有人照管"①
与你抗衡。用他的结构主义史演奏管弦乐
再添些符号学及互文性。喔，Gesu！
念青唐古拉的白雪静静飘落，风刚好赶去给蓝色花庆生
（此时，无风）

那老牧人正阅读第 217 页

———————

　　①　出自《枕草子》。

"矮女人、森林、吹制工骑在牦牛骨上咕哝喊叫起来"

——他喝下诗会现场颁发的雪花啤酒

(比任何场景都多，一盆白灰，但别用手)

木　偶

得是黄葛树的木头，雕刻。
火炉不能少，花落尽，雪是红泥小雪

黄金线，瓷线，甲种射线，马其诺防线
动动手指，又牵出一条泪线

绮罗金碧。或乘磐石，乘风，乘宫殿①
男孩的长鼻子又长半截

水木偶优美。三宝下西洋，孙行者大闹天宫
卓玛在旧宣纸上写道：值月阴翳②，一位女士坠落
　　新雨③

断开手腕上的线，佛经、打成结的烟
我剥开去年最后一粒空心橘子

---

① 出自刘若愚《酌中志》卷十六。
② 值月，四月。出自清少纳言《枕草子》。
③ 一位女士，想着纪念下杨洁女士，便想起水木偶戏里最
大的英雄，孙行者。

锦 瑟

《霞笺记》里暂醉的人，卧于悬铃木左侧
五十是虚数。断弦之痛从未被测量
从古籍里汲取火种，吃饭和打嗝首要煞风景

"Xe un bel maschio，Signore "①
乔伊斯对莫尔及《未垦地》反复地表示轻蔑②。
的里斯雅特着盛装。拒绝新生儿降落

从右侧走出四月。预备留长发，擅长犹豫
他是从晚唐开始迷路的男子
把诺拉们的锦瑟藏于午夜（一点至五点？）

执着于制造继承人是动物性。
喔！这是迷人的时代，还可以去寻代理妈妈，或者试管
　婴儿博士
雨坠了一夜。从米拉山口背面的暗冰里

---

① 意为：是个漂亮的男孩子，先生。出自乔伊斯写给斯坦
尼斯劳斯·乔伊斯的信，告诉他，诺拉生了个男孩。诺拉，乔伊
斯的妻子。
② 莫尔是小说家，《未垦地》是他的作品。乔伊斯曾在书
信里反复提到莫尔。

我们能否安然地走出五月。

这也是一个谜。

退　场

最后的松子酒，紧贴着
格萨尔王的侍从
波尔多红光，散于大理石缝隙
绿眼睛跳出陶瓷窗户
他从坍塌的古碉堡灰泥里扶起格桑花小妞们
有关它的遗产罗列完毕
——那曲青稞酒、盐都高粱酒或 Muscat d'Alsace？

也许是词语，修辞，语法
石灰粉末堆砌的对比如此工整，如它凝脂式肌肤
（灵魂总是先于身体腐朽）
它带走了有关太阳的秘密
一个叫墓地的地方，挂满流动十字架
薄雾游走在公元一世纪亚加亚联盟战死的名单里

来吧。亲爱的
让我们依次退场。不管夏天热得多像烧火棍
请轻柔些离开我，如果你也同意：
"顺便给那些头皮碎屑和熏烤木乃伊举行葬礼"

不要——

不要低下头去说抱歉，不要掩盖

白瓷瓶脖颈上的紫色瘀痕

牧师抬起同一只手放置圣经上

在婚礼开始之前，这里正举行葬礼

我深深热爱着的花园里开满旧日花儿

那白白的花朵之上。曾有人拥抱，哭泣

（没有什么是我拥有的，

正如我也没什么可失去）

——"知道有人在我之前

曾在这里，这很好"①

———————

　　① 引自阿米亥《给女侍者的指示》。

三月纪事

它是蓝色花朵的雨吞噬二月兰的光

咸阳湖蜷曲成中间弓起的句号

——平复午夜的罪恶

凌晨五点钟，一辆坏掉嗓子的火车驶过更浑浊的蓝

漂流，在孩子的第六根指骨处喷溅水花

有更多的水，从它身后汇聚

冰凌羽化成沃尔科特那只黑鸟①的翅膀

"Muss es sein？"②

瓷器巧克力③，被花朵巧克力怨恨

在飘浮的云层中构图

跟远处洁白的帐篷互相结合

做一回双重曝光的蓝

漂亮如蓝莓果冻，混合了青冈木的冷淡

让人想起蓝头发、蓝布帛、蓝云烟，而不是蓝经幡

此刻，雨水忘掉栖息的天幕

---

① 摘自史蒂文斯《看一只黑鸟的十三种方式》。

② 摘自米兰·昆德拉《生活在别处》。

③ 摘自史蒂文斯《充满云的海面》。

蓝色，而不是白色

是糌粑而不是酥油茶

——卓玛狠狠地剁下了一只牛腿

月光落在树叶上

它在黑夹缝里坐着，介于后现代美学与寂灭之间
并不为此刻而倾覆。

月亮和白白的光都衰老了
我们日以继夜地把盛大注入美酒，庆祝它作为一个秘密
　　将被珍藏 200 年

——婴孩般光洁而干净。照耀烟鬟与黑水媚
卧于温软巨大的牡丹中间（它们都是被流放的）

如同竹简里罹难的序言。在被屠杀之前，
除去一切美妙的面具：例如从一个水坑里看见太阳①

没有一个伤口不被诗歌覆盖
(不过我要是够粗鲁②，那些阻挡木头车轮碎裂的落叶
　　必将被新的替代……)

---

　　① "从一个水坑里看见太阳"引自安娜·卡密恩斯卡的笔记。
　　② "不过我要是够粗鲁"引自卡瓦菲斯诗集。

十一月

"创造既无差别，而演化则是一场进化论"
与女儿聊起时，车窗外的雾霾正无休止地扩散开来
像在焚香。远处的渭水弓着身子
白色的哈达缠绕上我们的车身
轻声说着：回去吧

而"奴隶"们面无表情，上午九时，
橡木酒桶挤满古堡。而葡萄像一盏悬挂的白炽灯泡
我怀想着一场大火
把一切靠谎言维持的热情燃成灰烬
风吹过银杏林的嘴唇和肩膀。

十一月的风。
此时车内的广播里，正说着：
黑豹们穿过血雾
（灵魂白白的？
从两队鸟群的撞击里坠落。）
左边一户人家门口悬挂着浑圆的白花圈
——这里的死亡，带着下午五点半的气息

把寒从体内赶出来

"它们像字母 G 或 C 一样弓起身子，
贴身的窒息缠绕上来
或许并没什么可损坏"
这座城堡，怀抱十一月深秋枫叶里的
（穿白长袍的长者们刚刚谈笑着离开的）
也只颤抖了一刹那

再过几日。便不会被提起
那些浓缩于针眼的细节
及细嫩的模仿。
最孤的羽箭，埋葬于一层姜黄里？
——这无疑是个"误会"呦

这一代，二十年后。
免税店、自贸区、咖啡馆
唯独无人提及那些寒
也没有春天降临，或将其驱赶

对我来说，它早已渗入污黑的下水道
砌在旧日哀歌的两端
就别提那些永远了。它们手牵着手离开

不会再有人怀疑并使之变丑

（在 2017 年十一月午夜零时，翅膀巨大的黑天使降临：
在窗外枯萎的雪青色灰暗里）

镜子后面

我知道，下午三点画有蓝色轨道的头痛药片、二手房中
　介商
半块灰色蕾丝绣花桌布
它们都藏在那里
穿棉麻布衣的秋天，挤满了皱纹

"要过渡得自然些"
且需要一个时机。欧姬芙的百合中心鹅黄色花蕊
娇嫩得恰似。忘于吉雪卧塘的
（镜面上轻微增生的玻璃水波?）

——比如被遗弃的这些：
栽植青稞麦甜甜圈的森林，大株酥油花朵
被采摘回充满嚼劲的梦境死亡事故
如果这时恰好有人从那里走出来，戴着蓝衫玫瑰花
雨下得不大。
（到处都是灰蒙蒙的，有些脏）

我已经拥有了更多
灰色蝴蝶结方程式、DNA 识别系统、浅绿车辙印儿
镶绿松石的青冈木白瓷口哨

而它，站在长安街的墙角，摇晃许多十月冷杉的影子

傍晚六时三刻。跳出来一只猫

二　月

二月（之一）

请允许我把青冈木移栽。
连同鲁朗层峦叠嶂的绿。

如果要贴邮票。请选羊群啃过的那朵
把少了两瓣的尘世
放回书架上。轻点！
第一排、第三行
——黑颈鹤在哭泣

她的深处被灰色颗粒覆盖
且未发现马匹踏过的痕迹

及或某日，携带雨水一起到米。
推门而至时，
才与我有了微妙的关系

二月（之二）

我总想着把雪移出去
（从前年开始。它们就跟上我了）
沉迷于辩驳的专家断言：这不可能！

我周身各种脏器、皮肤、头发日渐雪白
血液透明。城市不必凌厉如剪刀
也足以使之毙命

它们成群结队地迁徙
蓝羽毛受热碎裂，埋葬第十八天。

我静默人群中
事实上，至今为止
并没有谁将其从块状球茎里移走

二月（之三）

碾碎它们！
那些仓皇而逃的迷蒙，从眼睛里开出路
春尚早，他未离开
再等！及至有人路过

蓄满饮水机。它在微光中
煽动细小的睫毛
八点之前，献出一个王国的湖

窗台上的绿萝一直绿着
在它小小的漩涡之中
你乘着长满蝴蝶翅膀的圆锥形机器到来
邀请我参加十二楼的鸡尾酒会

我不能动弹。
身体挂在屋檐下，开始下雨

二月（之四）

它又回来了。拖着旧日之残破
（在我之上，在我之前）

"揭露她的罪恶！"
连续 206 次掏出那些颗粒状物质
它们附着在春水下
隐身为男孩的模样

四楼的宾馆里，它在空调夹缝中繁衍
调整好姿态，随时攻城略地
我相继卸掉翅膀、灵魂和面具

梦境如此细小，藏匿于沉睡

不再反抗，日渐和顺
假装逝去多年。
——偶尔复活于一个现代世界

二十四分之一

我小心避开某处细节
从左边看是木质的希腊女神
一株水草斩断它的爱情
（这并不是最好的开端。
也许是春天，处女们着蓝色长布衫，从婆婆纳身边路
　过）

塔洛卖掉羊群。
在第三首拉伊的尾音中迷路
小兽逃至镶嵌大片凸起的暮色里
斜斜插进高原的胸口
伤口干瘪而寂寞。在冬日被燃烧取暖

我掩住几千公里外一小片酸苦
粉刷成白雪
它从母亲的悲凉里降落，苍白如云朵
带领所有的罪恶跪倒在地

婆婆纳缠绕住格桑花的小小嘴唇
它们因此闭口不谈。

（没有最好的结尾。

仅够虚拟它的二十四分之一。）

那一片中国黄

黄是倒地的麦穗，糊窗纸，年夜敬神用的
香。明香或暗香
都垂着头，有些丧气的
浮在半空吱吱响着（晴雯在手撕团扇?）
——阿姐立窗前。
西边小范围的绿波穿户。幽火
追着人影来到堂屋，昏沉的烛光
就明亮一二分
树上的虫子先于孩子饥饿
我站在烤面包店门口。饥饿是一片中国黄
"油壁车"和"冷翠烛"也略显土黄的
（他闷闷地站立戏台上唱《四郎探母》）

第三辑

雨水谣

藏家男人

1

冰雪雕琢棱角。众神庇佑
马背上站起最后一个神话
在鹰的翅膀上传唱而来
雅鲁藏布江流经臂膀
宰割生肉
吃糌粑喝酥油茶
背着雪白的帐篷穿过草原
草原也雪白

2

走出冰川，走出牧场
三步一叩
蓝经幡在雪山顶上写下柔情
玛尼石静默。拉萨河水从东流到西
你拜完寺庙、白塔和布达拉宫
甜茶馆依旧，却不见你的姑娘
点燃一万盏酥油灯

人群扰攘。胸膛空荡

3

日夜以酥油为生的姑娘
教孩子们读诗的姑娘
在你胸口驻扎的姑娘
病入膏肓的姑娘
你还不曾学会爱护和宠溺的姑娘
雪莲花一样纯净和善良的姑娘
你皈依佛祖，只为念经庇佑的姑娘
如今，她寻不到一段尘世的烛光

4

古丝穗在阳光下发光。收好藏刀
收好白牦牛的传说
也收好五千米的海拔，暴雪
轮回的湖。转经古道，流血的膝盖
贫瘠又神圣的高原
削去三千根松石缠绕的发辫
你只迈出一步
佛祖的经书里就开出八百年的莲花

5

雪崩。雪地洁白
一场雪紧跟着无数场雪
白里堆起更多的白
压弯雪山，喇嘛庙和阿妈的经文
家乡蓄满泪水，房子和青稞也是
那个迈出一步就不再欢喜悲伤的男人
匍匐在地。王退场
远处的呼唤更远了

在咸阳

1

从西藏到成都，再到咸阳
遵从某些召唤
把时间碾碎，分割
从文汇路 6 号到咸阳湖边再到人民路
角落里拔节的呼唤快要溢出
撞击着日渐荒芜的心脏

2

博物馆没有暖气
精品陶俑展厅的大姐，说起彩色指挥俑
就忘记了寒冷
他保存完好，单眼皮，眉骨英挺
她依次擦拭他的衣服、头饰和身体
三千年的喊杀声刻进碑文
她叫一声小情人。他就疼一下

3

在每一片干枯的叶子里驻守的冬天
雾霾把三千年的古道埋葬
你咳出的诗句落满灰尘
钟楼静谧，鼓楼的白玉兰正穿透云朵
只有——
我如此不合时宜
总能听见楚布寺的诵经声

4

未央村百亩桃花，绽放
长安区百亩莲花，绽放
烟霞镇百亩苹果花，绽放
咸阳的冬天，只一个晚上
……昨夜藏北草原落了大雪

5

给每一个夜晚画下六字箴言
咸阳的呼吸就会急促
顺着旧铁剑的光芒向西再走走
你就能听到野牦牛的低吼

也许还有狼

咬破草原的月色。用来泡

一碗牛羊肉汤和两个馍

6

乾陵，茂陵，汉阳陵

在冬日的午后静默。抓一把瘦弱的阳光

涂抹在汉家儿女额头

你看不到盛大的宴会

这是满腹心事的小城。落满尘埃

苦楝的果实在枝头挂了三千年

博物馆里，一颗绿松石龙形佩归顺多年

7

你不曾遗忘。走到哪里

都走不出西藏

阿妈啦煨桑的尘烟迷了眼睛

所有的脚步都冲着格桑花的方向

酥油茶。风干牦牛肉。糌粑

你吃到的食物都长成青稞的模样

快些回去吧

……身体不在，灵魂何往？

8

雪山有记忆吧？你每日起来看的那座
冬天的阳光明媚
旺久上山了吧。修行三年
不见人。只念经，清修
和灵魂交谈。
他是八〇后，比我小，在楚布寺长大
他喜欢吉普、火锅，和妮妮在河边抛石子
……嗯。他也喜欢过一个女孩

9

佛祖喜欢心干净的孩子
能够穿透雾霾看到蓝流淌的样子
在心里建一座雪山
挂满蓝经幡。点燃酥油灯
取来冰川
雕刻成拈花的手。放在小高的仪表盘
咸阳就跟在你身后，走向草原

10

大雁塔在左手边寂静。

你在右手边

古旧的铜像穿越了时光

广场上的人们越来越多，天气很好

你说起十六岁的长安

说起郑钧、许巍和黑撒

风从江南吹到咸阳

……我掌心的纹路也开始解冻，慢慢流淌起来

11

这不是我的咸阳

一个人：看书，喝茶，写诗，闲逛

每个城市都有一条河

空白的时候，在河边坐下，写封信

写下一个地址，纳金山上的大雪便在纸上哭泣

12

小寒。想到大昭寺的煨桑时

拉萨河水开始缓缓流过文汇路

我站在一棵树旁，开始生根发芽

浇点水吧，别太多，我怕会哭

到明年春天时，开一朵花。在落之前

"别忘了来看看我"

我不可能永久占有自己的灵魂

正如我眼睛里的蓝色烈火不可能一直燃烧
穿着藏袍的缪斯会在氐宿月佛吉祥日
最明亮的街巷离开

病恹恹的推土机喇叭声冲击尼洋河上游时
您正在梦里睡去，袒露少年的天真
——凌晨三点，从秃鹫口中抢回您的小女孩儿

如果我紫藤般的身体在春天
曾驻扎过一个灵魂，那么它也早已离开
您若想拜访，
或许可以问问十五年前
拉扑楞寺顶独自开花的一株小早樱树

午　后

在四月初，交出那些濒死的抽搐后
葬礼在你薄荷味
舌尖上举行
并羞于再发表言论

一代人的尸体穿戴好大数据的花环，
被用防腐剂浸泡的点赞声烘干
（也许它们本身就是防腐剂）

那怎能说成是风的错？
《镜子》里的母亲用白桌布打好结
把她的孩子绑成一只蝴蝶
我把我的衣袖反复套在你的衣袖上

整个午后。我在讲授刑事法律制度
而讲台下十八岁的藏族小女孩
——嘀嘀咕咕，嘀嘀咕咕的。
哦。她念着佛经！

旅　馆

有三个卓玛从小旅馆走出来，
其中一个老些的怀里抱着一只小羊
四月的雨水流经薄松木床板
清洗着那里的污垢

远处是原始森林。河流绕过褪色的石墙和草地
把烟和烟筒揽在怀里
几户人家，慢慢走上山坡

索性，住下来。
——你说
我们并肩坐在玉器博物馆前的长椅上
商讨着明天该往哪里去

那些雨水流出来时，变得黑乎乎
像藏族女人一年只洗一次的长头发
又像黑色的咒语和祭器
怎么洗也洗不掉

雨水谣

他们说：雨水得落在小区门口
腐坏的塑料下水道。
或者落在火车站不远处的天桥
莫连花接近死亡时盛极如斯

——老人乞讨（祈祷）时低下去的身躯，多么像
打了结的雨滴！

哦，可是它不能落在黑帐篷里呀
着涂满古藏语的曳地长袍。
摩擦地面时也不能带着耶路撒冷①的气息
（他们不喜欢这样的隐喻）

可是，三月的雨水落起来
咸阳便成了逻些城手心里紧紧攥住的雨

---

① 圣奥古斯丁将被拯救者的王国叫作"耶路撒冷"，将被诅咒者的王国叫作"巴比伦"。

蜘蛛网

来，到这里来。
再慢些。从它的正中央，开始
放松手指间那些湍急
林子白白的空地，黑颈鹤彻夜未归

"一支蜡烛已足够"①
——雁声漠漠，凉风与星躔逐渐消失
在这儿，我姜黄色的信笺缠绕着的
年轻冷杉的初秋

神山越来越遥远。我坐在咖啡馆里
那山中的白瓷云朵坠落街头
它跟踪戴着帽子的二手汽车，越过文汇路六号

到这儿来。我的少年
我们坐在一起，把断裂的白天与黑夜缝补起来
在出租屋第二把椅子上，或者栽植阔叶乔木的原始森林
在二〇一七年十月的一个夜晚
（你看着这些蜘蛛网时
雨正落在梧桐果上，打成一个旋儿）

---

① 引自《召唤幽影》（《卡瓦菲斯诗集》），黄灿然译。

晨 祷

又下雨了。雨从哪里来呢？
你纠结于这个藏族盲姑娘的另一个结局
她爱上的到底是佛祖的经文？
还是，寺庙里一隅小心翼翼的安宁
也许这并没什么不同

"恬静还是宁静？"
——女儿费心地挑选那姑娘的表情
当院子里的月光打在玻璃窗上
当玻璃窗的中心汇聚成小灌木群
在它倾斜的倒影里，岩羊正在奔跑
比起蓝丝绒黄昏般的歌声，它们更善于抵抗饥饿

在千里之外的一个初秋的早晨，
我从书上再度忆起它们时
青冈木细长的叶子上，新滑落的雪结成冰
你正观看 2.4 亿年前的板块运动
光线照在你脸上

屋檐下佛祖加持过的礼拜天
雨水生长的科技博物馆四楼展厅。

藏　青

黑的是霾粒，樱花的脚印儿，那人的长头发
透过玻璃窗，看到藏北的天空。
羊群在云朵上吃草。

他上衣的雪白少了一块儿
疑心是被啃掉的。值月，黑和蓝此消彼长
雨下着，他也是藏青色

"外罩二蓝的伽罗衣，在那里习字"
长须笼和无叶松、桧扇都是重的，向下沉成泥土
只有花香，白颜色和风筝线向上，乘风去

都是她最喜欢的，雨也是。
"记得那天他穿藏青衣服"
——多年以后她回想起来，小声对孙女说

一个人的咖啡馆

它有金黄色漩涡。
藏在土耳其鸢尾花的小小耳垂里

很多时候，我都在坠落。那些壳和渣子
多次返回
——高黎贡咖啡种植园内
突然炸开的，喇嘛红茜草科浆果里

咖啡藤长呀长
伸向城市左心。宛如？
在树苗下念咒语的孩子
哦，孩子

我们一起从最高处跳下
穿透水锈色纳木错史前岩画
落到石灰地面上，砸出一朵水花儿

——谁愿意起身去追赶？
而细脆光线与白瓷咖啡杯正落在桌子上
旁边搁置一块方糖

我的女儿

她从蔡公堂的哈达群里走过来
伸展着巨大的蓝翅膀
她手里还有一坨生肉
一把白藏刀
她拉住我的手，她说她是我的女儿

我和我的朋友们在饮酒
——一般情况下，我们只喝可乐
那天，我们在饮酒
白藏刀就在酒杯下
她拽住我的上衣，把她的刀插进我的心脏
(却没有一滴血流下来)
随即推门离开。

远处的云朵越来越大。
我看见门后面，色季拉山开始融化
断断续续地。黑白淹没大地

她竟然比我悲伤，她成为我的背影。
从我的皮里脱落。

冬天逐渐变薄

我开始哭泣。像个孤儿一样

打 春

东直门外五里①，春场里可疑的灰烬
从后面突然围困
接芒神、打春牛的母亲

（雪越来越多
从咸阳湖至保定府
——某些黏稠状气味缓慢渗透）

倏忽静止在两杠二的警衔上
牛羊流动起来。从旧信件里啃咬
卓玛的白帐篷

孤独成了一种手艺
从暗喻中提取，悬挂窗台
一张皱巴巴的铜版画里

突然打在春头的是：
混合了十字屋顶、街道、局部萎缩的

---

① 《帝京景物略》中有专门对春场的记载："东直门外五里，为春场。"

一坨
明亮亮的泥巴

第四辑

月光河

月光河

从那里奔过去！

开着铃兰的花园，闪烁微茫
别急！月亮坠下去了
深幽被包围
戴着星光的少女，落在花香萦绕的睡床上
成群的洁白——安眠

轻轻挪动。踩着河的影子
将玫瑰种满她的后院
嘘！不要惊着她，
得再快些，必须在她醒来前绽放
和山谷的雾一起
别上她的衣！

当玫瑰在某个午后，突然死去，先生

当玫瑰在某个午后，突然死去，先生——
铃兰花也开始腐烂
秋天的果子滚满山坡，积雪砸在玻璃窗上
一只知更鸟着盛装
它身后——大片彩色羽毛——坠落鹅卵石小径

把忧虑叠放齐整，将黑暗驱逐
只留下——黎明、火光
多干净！
你走在回家路上——
永世怀抱安详

落 雪

如果再仔细一点
你会看到
它从一片叶子跳到另一片叶子
落在煤火炉里
它便从火苗里掉出来
穿过冬日的清晨
停顿于第一缕白烟
对着你笑，轻轻
此时，雪刚好落在
你八岁那年住过的小镇
阳光渐渐出来
独自走在老街道
这样的时辰
每年只有一次

激 流

再添几笔。蔚蓝色
城市涌动成海洋
左手光洁，攀上鳄鱼的翅膀
右手边，是你的
镶满雪白烛光

人们开始长出鳍。鬼魅般四处游荡
灰色的烟雾。扑过来
一些人跪倒在寺庙里
那里的佛早就失望离开
我在花朵里迷路
小野菊和水仙的花香一模一样

我不再靠太阳来分辨方向
冰和炉火在跳跃。温度恒定
海水收拢成湖
卧在书房的第六个位置
紧挨着《论语》和《道德经》

雪从天空坠落
他们的房间，窗子紧闭

我忽而走在十二点的街道

忽而躺在自己的睡床

然后，她吻了我

——给母亲

我开始往上攀升

云朵在身后大口喘气

皮肤纷纷向四周剥离

我数着稀薄的空气，一瓣，两瓣——低低

啜泣。我的灵魂不见了，它在哪里？

空荡荡的，孤独继续冲击和膨胀

光阴在暗影里衰老

唯她独坐窗前唤我

皱纹和白发瞬间散去

我就躺进她温暖的怀里

阳光还在屋顶，有只绵软而甜糯的童谣

从记忆里站起

然后，她吻了我

从前的爱情很美

从前的爱情很美
牵了手的人是可以相爱的
一生也很美，谁也不会半途而废
从前的生死很美
活着不能在一起的人，都用同一个墓碑
从前的承诺很美，等待很美
他穿的蓝布衫上题着字
我们都不用防备什么人
不用学会狠心就过了一辈子

雪 国

你只是抖了抖睫毛
我的眼睛就落满大雪
杉木林的尽头
我颤抖着双唇
跟一阵风追问花的行踪
哀求一朵阳光
让它在文字里盛开
洒落一些温暖就好

把所有的句子揣在怀里
暖了又暖，念给你听
终究还是，没能留住你
寒冷穿透我的身体
手指开始结冰
你只是抖了抖睫毛
大雪便掩埋了我的身体

梅花开

雪不再落了
旧屋檐和堂前燕又回到画卷
我把你此刻烧完的柴木灰整理好
火光堆积在修辞里
它们缓缓地奏起安眠曲
青冈木和松树起身为我们关上门窗
嘘——
保持静默，亲爱的布沙发和不速之客们
梅花就要开了

如果坟里埋的是我

那么，当你路过的时候
我会轻轻摇摆身体
假装不经意地靠近你
轻轻触碰你的疲乏、汗水和孤独

不远处，是你的少年
新发的韭菜郁郁葱葱
一汪碧蓝的水，流经鸢尾花地
就在此时，让我站起来，
亲吻你及这一世
我们为爱掉落的泪花。

那么，当你经过的时候
不管坟里埋的是谁
此时，陪着你走过这条小路的
——都是我

到小镇上去

1

油纸伞从小镇里，缓缓走进桌上的信笺
你在信中说：老了就去那里
养鱼，种菜，再酿几缸桂花酒
不问尘事，不说话，不会客
只跟一棵树做邻居

2

小镇就是你最小的孩子
天再暖和些，你就会坐到蔷薇花架下
看看打瞌睡的蜗牛
丝瓜藤又长高了，紫杏结出果子
你把准备出墙的花枝拽回来
骂了一句，这迷人的小妖精
无比满足

3

再老一些，你就不能独自烹调
这时候果实就成熟了
小镇的秋天填饱你的饥饿
就算独居也是很好的，隔壁的植物们总会来拜访你
读你年轻时写下的诗句

4

如果再老一些，小镇就陪着你死去了
就像为你守灵的孩子
你有过一个，后来离开了
不过，只要想起，骨灰会落在葡萄藤、合欢树叶
以及门口小水洼里
你就对着满缸酒香笑出声来

来你的城

雨先洒落在雪山，接着是你掌心的水墨
风顺着太湖石的漏洞
在拉萨河停下，摇醒阳光

一笔劈开红宫墙
白玛草在你的心口长成森林
再一笔掀开亿万年的冰川
纳木错的蓝轻轻晃动成光

我是你怀里的放生羊
以爱的名义，在轮回里重生
请来十万空行母为我加持

来你的城。或者死在，路上

自画像

我赞美乡野、农田、后院和半开的花朵。
未休整的词汇和婴儿的啼哭。
我赞美自由胜过物质。
是夕阳在山中留下的光，
我赞美希望。

我赞美颓败和落魄。
天桥里行乞和说谎的陌生人。
我赞美生之渺小，爱之卑微
是蜷缩在角落里的风，
我赞美胆怯。

我赞美开心和不开心的脸。
吵闹糟糕的白天以及悄然静谧的午夜。
我赞美失眠和恐惧。
是远离尘嚣的木头和报废的机器，
我赞美固有之态。

我赞美单身和结婚。
抚养孩子的母亲和孤苦伶仃的老人。
我赞美孤独、痛和疾病。

是入我梦的女子和梦里陨落的星，
我赞美一切求而不得的爱情。

我赞美准则和道德。
互相辩驳依然彬彬有礼。
我赞美信仰、布施和来生。
是生存和死亡，
我赞美你。

你将独自拥有一个名字

博物馆的碑文上写着
唐朝。安国寺一个尼姑
卒于十九岁

绿松石龙形佩在黑色的方格子里站起
沱沱河起风了
野牦牛群从山顶飞奔而下

Nagi 里的阿尼啦低低诵唱
"你不必广大，尚和就好"
七叶下面佛祖在召唤
快些脱离，快些归位

秃鹫飞入虚空
一只四脚蛇躺在蓝经幡下发呆
藏北的雪飘落，北周的石像正在结冰
想到你将独自拥有一个名字，这多么孤独

吃月光的孩子

雨天的傍晚，我误闯进

一个紧密的蜘蛛网

扒开睫毛上挂着的蝴蝶翅膀

看到一个院子，秋千

架在两株蔷薇中间

花瓣落满小径

有一个全身淡蓝色的小姑娘

她坐在露珠做成的

餐桌边

正在吃东西，而她的盘子里一无所有

我走过去，坐在她对面

她羞涩地告诉我

今天的天气不好

只找到半盘可以勉强下咽的月光

她不怕饿，只是一个人吃晚餐

有点孤单

我难过地低下头

她掉了泪，说：

我知道

月光不是鸡腿和米饭

不是谁都愿意

陪一个不食人间烟火的孩子

共进晚餐的

理想生活

养一只兔子和一只蜗牛

闲时

喂喂兔子，和蜗牛说说话

睡不着的时候，也不让它们睡觉

一起唱歌到天亮

下过雨的清晨，带着蜗牛去散步

走两步，就等等

嘲笑它气喘吁吁的样子

看兔子在旁边吃醋

然后，我每日洗净三个红萝卜

摆在三个圆碟子里

我，蜗牛和兔子各一个

我每日纠结

怎样让它们吃饭前

先洗手

就这样，夕阳把日子一寸寸

拉短，再翻过

我每日，写诗看书

再耐心地

等一只蜗牛爱上我

云上村庄

三月。山的尽头
村庄安谧。
桃花冲向云端
粉红堆着粉红。雪白跟着雪白
水蓝是你的目光

不如在上面种下一棵云杉
再撒一些格桑花的种子
有些石头从河岸回到空地
砌回墙的样子
经幡从山顶变回阿妈口中的经文
山上刚刚死去的男人
正坐在太阳底下，喝一壶酥油茶

咸阳湖的水逆流而上
小苍兰花在窗台的花盆里坐好
院里的那棵大树刚刚发芽
火车从长安驶回江南
雨收为云

十六岁的清晨

你羞红了脸颊。正说出爱

五谷杂粮

以它为生的人，都懒洋洋地
躺在墓碑里聊天
说起多年以前的女鬼、灾难和人们
它们便从不锈钢里起身，推开窗户
——向我走过来

在一个叫烟霞的小镇

被浩浩荡荡的苹果绊住眼睛

它们在枝头大声呼喊

宣告，富有

你说，这是一块适合生长

苹果的土地，而你却一无所有

说这句话时，你看着车窗外面

你眼角的痣，一小颗开始决堤

泛滥，随之荒芜

停下车，你抱着孩子

左手提着婴儿用品，右手

拿着钱包

你付钱，买断了你自己

找不到出口了，那些年少的

飞扬、耀眼和憧憬

整理好，锁起来

清点，数目不对

还有些什么逃跑了

难道它也害怕颤抖的手指

我们找一个小店，坐下

一束夕阳的暖黄，照在你的睫毛

它们碎掉，一滴滴落在

杯中的菊花里，加了糖

还是苦，宝宝开始啼哭

你揽在怀里

看向远处的苹果树，你问这个叫烟霞的小镇

是否捡到一朵苹果花

它曾经戴在女孩的发间

它曾经那么好看

给 你

如果你想要，如果我有
我让出春天
陌上百花盛开，你才好
独自去走走
听雨落在新芽上的崭新

如果你想要，如果我有
我让出青春
那时面庞如玉，长发飞扬
你才好，寻回时间
看风在纤细的睫毛上吹过

如果你想要，如果我有
我让出爱情
初遇对视的温柔，你才好
忘掉疼痛
和其他女子在你想要的故事里相拥

如果你想要，如果我有
我让出生命
反正在你离去的那一刻它已死去

那你就拿走
如果这样的鲜活可以让你快乐

如果你想要，如果我有
我让出我
我的悲欢、身体和触觉
连我的灵魂
你悉数拿走，只是请你
活着
那也是帮了我一个大忙

采药人

1

一百年以后。病得更严重了
失语，自闭，耳鸣
心脏依旧跳动，但毫无规律
诗句早已泛黄。无人的深夜
你会把它们叫起来
吃药。

2

你舍弃的词语，都悬挂在半空中
有些上升为明月，有些沉成沙砾
还有一些始终在心里藏匿
跟骨血互相摩擦
当后人掀起时，发出璀璨的光华

3

云深不知处。你说，黑暗黑透了

山里的野兽、鬼怪和悬崖也黑透了
还好你没做过什么错事，
即使半夜来敲门
也可以沉沉而睡

4

采药人上山，攀岩，
行走在风刃之上
没有父母妻儿，没有故乡，也没有家
把词语采回，烘干，炼成丸
给病了的山川大地、日月星辰、江河湖海
最后一枚，他自己咽下

秋水长

独上寒山。昨夜的雨水刚好落入法桐叶上
向日葵枯萎地躺在一侧
记忆开始
他匍匐在草原和蓝经幡里
无比虔诚。花儿早已枯萎
大雪即将到来，美好的故事都会结束
没有比这更长的荒芜了

荒诞的故事

那是一棵树。以血为血，骨为骨
风吹过时，灵魂幽白

有人说谎，背弃或犯罪，它便会掉一片叶子
如果有人唱歌，微笑
以良善喂养之
又会长出一片新的叶子

后来。我看到，更多人孤独地老去
——死亡！
那之前，总会扒光树上所有的叶子
比他们浇灌长出的更多

面对光秃秃的枝干，裸露树皮
闪耀鬼魅的笑。

对此，我一无所知。

白桦林

无风。凌晨两点二十六分，林子寂静
角蒿，苘麻在野地里复活
高处是树叶，吹着口哨
低处也是树叶，过河
是个男孩，在低低起誓：
"一定要等我回来"
暮晚深处，阳光拂过墓碑。
一条路，延伸至远方。几只白鸟，掠过人间——

歌

——给茜

1

窗外的泡桐花开在人间最高处
我们商定：在紫上建个木头房子
用白来取暖，三月已尽
来场雪吧。在春风里飘荡

茜，你说远方有点远
遥远地方的佛祖更慈悲一些
天地苍茫。我们又能去哪儿
沿着罅隙再走走，山河万里
花开花落。
我们隔着半阙尘世
吟唱时光。再美些，你撒落的词语
覆满四月的阳光

不必规劝坠地花香和隔世之爱
人生如寄。把回去的路遗忘

2

多年以后。如果我已不在
——艾茜

那，我和谁反复说起小镇呢？
那些雨水，串成的花环
在云端绽放。两三朵
明晃晃挂在空中
还有一些覆盖我们的身体

再开些花儿吧。取下荒凉的窗子
同你标记——村庄、小路和水声
于无人的夜里，一遍遍寻去
她着长裙、紫衣

请——诺许——
一次次，醒来。离去。
直到你来过这人间
在这样的人间：
"我们都不必爱上自己"
（多年以后。我也早已不在）

3

有时候，我们在它之下，以露水为生
胆战心惊地抗辩。
再巧妙地，保持沉默
你取水，一点点注入三角形建筑物里
这儿没有适宜的土壤

它藏起你的悲伤，并绕过薄雾
在花园里停驻。很快
玫瑰收起尖刺
在梦里，安宁被赐予
在飘雪之前
准备好霞光与落日。

脆弱，渺小，向前移动。
再向左，然后
在小镇上，等我们饮完这缸桂花酒
——雪白的月亮就会高高升起

风来了

1

是从眼波里剪下的一小片时光
藏在旧明信片的右下方
吹动纸上的花朵和
十五岁的少年
坐在山脚下。等这片云过去
一场如雪般洁白的成长

2

也许还是蓄藏的一小片花园
位于左手无名指，有蓝色的湖
无动于衷的母亲。梦想膨胀如海
假如明天月圆，就出走吧
你画下一条路，从左耳穿过
当你走到路上时，月光落在花影里

3

这也许是一场救赎。从早上开始
慢慢地走回童年
葵花下，鱼被鱼叉杀死
裙摆开始流血，
屋檐下挂满泪水。
谎言被刺穿
而你。和那个苍白的少年，正擦肩而过

4

风来了。

欧石楠

它顷刻席卷你的手掌

一些正在开放，一些已经败去
你反复提起的光
——整夏在野地哭泣。多年前，也已失语

请囚禁这花朵，
用你的血液和诗歌盖成花园
穿透那香、软和梦魇——

用忠贞为它加冕！

如果它左右摇晃，在他乡晕厥
去照耀她。带她去淡蓝色河边

如果它不是它——她就是你

在山上

我看见风从山脚赶来又离去
夜睁着巨大的眼睛，泪水排列齐整
鸢尾花像大地上迟睡未醒的星星

翻开一卷经书，烛光昏黄
在第 701 页敲木鱼，吃素，写诗，保持静默
人们在尘世询问。佛在哪里？

我朝山下指了指：
——你正经过下山的每一条路

但花儿们知道

我以为你不知道
昨夜滑落的叶子，衣衫不整地躺在夹缝里
但花儿们知道
——没有谁说破，从夏到秋
你在野百合花香里做过的事情
山路两旁，天仙子和七星莲掩嘴窃笑
此刻，你不要离去
冬眠也不可以。

如果爱我，就给我全部。
刺疼心脏的冰。掩盖罪恶的雪，
忘却理智的冲动

我记得你脚底踩过的草茎，微微湿润的空气
暴露在山中。在冰凉和黑暗里：
我们穿过彼此，
沿着花瓣的脉络，抵达灵魂深处。
直到——野蔷薇直起身体，它的甜美渐渐平息

花儿们总是知道，失去了什么

梦 想

我固执地认为，它一定是

一个不知名的小镇

有很美的名字，烟溪或即墨

负阴抱阳，四季分明

我们要有一栋木头房子

有大大的院落，你可以养两条狗

古牧和泰迪

在我们聊天的时候，它们彼此做伴

院子里种满野花，我还任性地

种下一垄韭菜

有两个书房，一个给你

书桌很大，你用来写字

另一个四面书架，摆满朋友们的诗集

睡不着的时候，你唱歌给我听

星星和露水也会跑过来偷听

有很大的落地窗，向日葵在窗帘上发呆

闲时，我们读书写诗

手牵手去山里摘野苹果

也摘回自己种的茄子和西红柿

鸡和鹅很不情愿地看家

下了火车，还要开两个钟头的

盘山公路
如果是春天，会有漫天的桃花
你说，死后就埋在
桃树下
我想，如果骨灰里长出一棵桃树
那一定很浪漫

当你说起秋天

一片黄叶

落到地上

多像蚂蚁借来的马车

你来，又走了

和十月打了声招呼

你从口袋

掏出几粒碎掉的词语

如沙砾突兀在一田野的流光中

你把它们上下左右移动组成句子

铺满了夜空

瓜果小镇

出门。迎宾路向北一刻钟
就是瓜果小镇
停车，前行
尽头，乃荒草丛生之地
忽闻野花嬉笑之声
沿声寻来。一片芳草烂漫
枯叶蝶正落在野枣树上
透过篱笆，几块墓碑
三五个名字安然看着天空
注视良久，惊觉四周寂静
花们把我护在臂弯里
我擦了擦泛红的眼眉
恍惚觉得墓碑向我走来
时光低低唱起了歌
瓜果在供台上坐好
我弯下腰
俯首鞠躬。竟似
拜着多年后的自己

来你的城

你说完，苦楝划破暮色，一颗星掉落
汉康陵沉默
影子突破大地的封锁
生于 1888 年的老人，在柿子树下打瞌睡

回到民国二年的咸阳
你有洁白的身世
从远方赶来，风尘仆仆，惊动古道的雪

你说女儿，说小苍兰花，江南的大雾
那年路过的黑池塘不会结冰
丝瓜架掉下来，压倒寒冷的时光

我看见，你正褪去一座旧城
忧伤又漫长

准 备

雪茄在抗议，怪我冷落了它
我只好把它放到手心里，暖暖
夜一直颠倒，大概因为我只是个
客人。虽然待过二十年
一排排房子安静地数着日子
把窗前的月光和玫瑰
数成影子和碎片
推开门，客厅，阳台和卧室孤零零
开始荒无人烟
我的身体，也长出杂草
可怕的午夜
总是听到家里的
德牧在哭
起身，在房间里踱步
想着明天去街角咖啡馆
见见皮特，就是每次给我煮咖啡的先生
隔壁卖花的艾伦，还有
一直为我烹饪的杰克
他们陪我度过半生
每次见面都会说
嗨，老伙计

是的，我得走了

做完这一切后，我想

以后，大概也不用来了

塔希提岛

"塔希提岛的夜晚静谧得让人惊异，连针尖落地的声音
都没有。土著们赤着足，他们行走的时候宛如幽灵。"

1

犹疑，挣扎？跟紧 Ore 和那黑皮肤姑娘
岩石燥热
整篇祝祷词里都是明亮的蓝色光
请出黑碟贝赤黑的幽灵
塔希提岛在赞美歌中微微扬起头

月亮携着巨浪扑打过来
房子顶端公用的保险丝突然断掉

她着急站起却撞到墙上
眼睛撕破，海水倾泻而出

把此类汹涌按下去！
并若无其事地，找寻多年前
未燃完的半截蜡烛

2

仓皇与混乱接踵而至
黑白在细微的神经末梢上颠倒
突然就如此贫瘠。

三月的第一个春日
我却未如期醒来

等天黑下来时，我必裸身赤足
跪在月亮上
等待神灵的召唤

扔掉它们坚硬的外壳，内里柔软且光滑
层层跌宕起伏
她直起后背，对着从岩石壁画里走出的土著女人
及身后的大溪地
微微欠了欠身

3

不着一物，涉过炽热的沙砾
雪山金顶
及或无名村庄与海洋

你看。我多自由
帕佩诺河递过来马缨丹和芒果
咖啡还冒着热气

土著们在唱歌
土著们光着脚赤身裸体在唱歌
卷心菜和番茄也在唱歌
(若是要出逃。那么，反叛谁呢?)

她像母亲一样，走过来
抱住我。
为我念药王经，摸顶与加持。
我觉察黑贝慢慢张开
等我醒来时，她却不知所踪。

——海水和路还在那儿。

谈　判

我正在跟枯骨们谈判，以某种缔造者身份
占领它们更多的壮阔
日出之前
大花马齿苋、秋英和地黄
将会逆着风簇拥开放
就如同迎面撞到她的一生

清晨，雨落在芭蕉叶上
我和她并肩走出
——黑色石板纹路
并轻松念出那里镶嵌的名字

岱山暮海

之一

海累了。趴在我胸口歇息
我不敢动弹
保持同一个姿势到八点钟

"脱掉你的外衣"
它命令。我不由自主地服从

夜晚从椰子树叶上闪过
越过底下细微且精巧的绒毛
准备一桌丰盛的海味

我拒绝吃东西。
它跳起来，踩住我的呼吸
词语废弃一地。

之二

薄暮升起。巨大蓝色暗涌

从深处冲出

轻轻一弹，岱山便垂下眉目

缓缓长出翅膀

我在东沙镇上沉睡

衢山岛跟在我身后

像十六岁少女。边缘微微加深

椰林打个响指，宛如少年

黎明时，我途经岸边小镇

没有风。也没有孤独

坠落于手掌

它与我相伴，直到夜晚过完

之三

凌晨五点钟，

风，乘着不规则圆锥形机器

在水波中与我道别。

远处平湖上升起白帆

小美人鱼的歌声

远了又近

在海这边，在海那边

独享此时的平静与阔远

湿润斑驳

它，把我从漫长虚无的梦境中拉起来

并给了我一个吻。

通体透明。海的蓝穿透了我

图书在版编目（ＣＩＰ）数据

野燕麦塬 / 琼瑛卓玛著. -- 武汉：长江文艺出版
社，2020.11
（第 36 届青春诗会诗丛）
ISBN 978-7-5702-1880-6

Ⅰ. ①野… Ⅱ. ①琼… Ⅲ. ①诗集－中国－当代
Ⅳ. ①I227

中国版本图书馆 CIP 数据核字(2020)第 205381 号

特约编辑：姚晓斐

责任编辑：王成晨　　　　　　　　责任校对：毛　娟

封面设计：璞　闾　　　　　　　　责任印制：邱　莉　　王光兴

————————————————————————————————

出版：长江出版传媒　长江文艺出版社

地址：武汉市雄楚大街 268 号　　　邮编：430070

发行：长江文艺出版社

http://www.cjlap.com

印刷：湖北新华印务有限公司

————————————————————————————————

开本：850 毫米×1168 毫米　　　1/32　　　印张：5.625　　　插页：4 页

版次：2020 年 11 月第 1 版　　　2020 年 11 月第 1 次印刷

行数：3426 行

————————————————————————————————

定价：46.00 元

————————————————————————————————